문학과지성 시인선 471

푸른빛의 비망록

장영수 시집

문학과지성사

문학과지성사에서 펴낸 장영수의 시집

메이비(1977)
시간은 이미 더 높은 곳에서(1983)
나비 같은, 아니아니, 빛 같은(1987)
한없는 밑바닥에서(2000)
그가 말했다(2006)

문학과지성 시인선 471
푸른빛의 비망록

펴 낸 날 2015년 9월 18일

지 은 이 장영수
펴 낸 이 주일우
펴 낸 곳 ㈜문학과지성사

등록번호 제1993-000098호
주   소 121-894 서울 마포구 잔다리로7길 18(서교동 377-20)
전   화 02)338-7224
팩   스 02)323-4180(편집) 02)338-7221(영업)
전자우편 moonji@moonji.com
홈페이지 www.moonji.com

© 장영수, 2015. Printed in Seoul, Korea

ISBN 978-89-320-2780-7

문학과지성 시인선 471

푸른빛의 비망록

장영수

2015

시인의 말

생을 구성하는 인자들 간의 보편성 긴장에 대한 탐구가
새삼 필요한 듯싶은 날에.
순리적인 길들 낙원의 세계를 향하여.

2015년
장영수

푸른빛의 비망록

차례

시인의 말

기억의 수평선 너머에서 1
—시 또는 삶의 이름으로

기억의 수평선 너머에서
범선들이 올라온다

바람의 방향과 속도를
몸으로 그려내는

돛폭들을 거느린
범선들이 시시각각

다가온다 반짝이는
물결들 새로운 시간의

순백색 물거품들을
켜켜이 머금고 껴안는

범선들이 이제 막
닻을 내리기 시작한다

생활 풍경들

　한 농가의 아저씨 어느 날 기러기 떼가 오리 떼마냥
　뒤뚱거리며 마당으로 찾아들기에 집에 온 손님들이려니
　하는 마음으로 먹이를 뿌려주었더니 그길로 아예
　그 아저씨네 집 식구들이 되어버렸다고

　요즘 참새들이 잘 안 보이기에 웬일이냐 물은즉
　지금은 강변의 풀씨들을 먹느라 정신들이 없을 때라고

　물론 인류의 논밭은 인류가 지켜내야 하겠지만

　저기 저 또 다른 풍경— 먹이를 찾아 연신 잠수 중인
　가마우지 한 쌍이라든지 한밤중에도

　냇물 가운데서 우두커니 수면을 주시하는 백로
　먹이를 찾는 것인지 심심해서 그러는 것인지

문득 이 아무개와 눈이 마주치자 불안한 듯 휑하니
날아오르는 백로 제아무리 은신해본댔자 그저
　인근 풀숲의 소박한 보금자리가 그 전부일 뿐이었
지만

매사의 이치

매일 아침 먹이를 주는
사람을 찾아오는 참새들

비슷한 시간대에 미리 와서
기다리기도 하고 새로 태어난
새끼들과 대를 이어서 찾아
오기도 하는 참새들이 쏟아내는
산뜻 간결한 쨉쨉거림 쨉쨉거림들

어느 절의 한 선방 문창호지를
새들이 온통 다 쪼아놓았는지라
연유를 물은즉 약속 시간에 맞춰
먹이를 주지 못한 탓이라네
시작을 말든가 시작을 했으면
제대로 하든가 했어야 하는 것을
매사의 이치가 그다지 다르지 않은 것을

제3의 생명체들

갈대숲 으슥한 곳 비둘기 무리들의 떼죽음 장면

저건 필시 사람들의 잘못으로 생긴 일 같은데

하긴 이미 벌어진 일은 어쩔 수 없겠으나

저마다 자신이 옳거나 옳아야 한다고 주장하거나
생각하는 님들이여

누천 년에 걸쳐 지구를 과도하게 일그러뜨린 존재
는 누구입니까

저들입니까 그들입니까 당신입니까 나입니까 아
니면 최소한의 질서조차

짓밟아버림으로써 마침내 궤멸할밖에 없었던 제
3의 생명체들이옵나이까

저기 저 벌 나비들

저기 저 벌 나비들 자신들의 진리인
꿀들을 수고로이 길어 올릴 때 인류는

무거운 몸집을 덜어내는 일이나 끼니를
잇는 일에 전전긍긍하기도 했다

뭔가 유익한 일을 생각하는 가운데 그
목표나 욕망의 모호성에 시달리기도 했다

물론 꿀 속에서 허우적거리는 벌
나비들이 한심해 보이는 때도 있었다

자랑하고 싶은 것이
많은 만큼 부끄럽고
감추고 싶은 것이 적은 만큼
담담해지는 때도 있었다

도시의 야생 고양이들

저희들끼리 사납게
자리다툼을 하던 끝에
서로 임의로워지기도 하며
낯익은 사람을 보면
맨바닥이 낙원이라도 되는 듯
이리 뒹굴 저리 뒹굴
나긋나긋 애교를
부리기도 하는 저 모습

개체 수 조절 문제로
기관에 불려가서 불임
수술을 당하거나 사료를
공급받기도 하는 야생
고양이들의 눈에는
숱한 난제들에 짓눌리는
인류가 어떤 식으로
비쳐지고 있을까

보안등 불빛

오늘은 저 보안등 불빛이 찍어내는
행인의 몸짓을 읽고 있다

스스로를 대단하다고 여겨본댔자
별 의미가 있을 것 같지 않다는
대다수 사람들의 표정을 읽고 있다

그 하나같이 이익 볼 일들에 민감한
표정들이 잔잔히 기습적으로 잇달아
찍히는 장면들을 읽고 있다

사람들 스스로도 잘 모르겠다는 그
자신들의 속마음을 찍어내는 일을 가까운

미래의 님들에게 넘기고 싶어 하는 저
대낮같이 밝은 보안등 불빛이 졸고 있다

14

검푸른 물

너의 근원적 욕망의 깊은 바다
그 발원지에서 엎질러져 오는
검푸른 물이 두서없이 너를
적셔놓을 때 스쳐 보이던
활화산의 용암 분출 장면들

그로 인해 야기되는 극단적인
공동 상태 그 곳곳을 온전히
다 채우고자 한다면 어차피
지구를 몇몇 번 들었다 놓는다
하더라도 턱없이 부족할 뿐이었는가

(몇몇 사이코패스 인자들을 제대로
해체시키면 지구의 오늘 내일도
꽤 괜찮아지지 않을까 짐짓
사료되기도 하나이다)

반듯이 혹은 모로 누워 있을 뿐인 듯
— 늦은 밤중 혹은 이른 새벽 아니면 아무 때라도

전동차 노약자 좌석에 여유가 생기자 좀이 쑤시
는 듯
옆의 빈자리 쪽으로 다리를 올려서 뻗쳐본다든지
하는 것을
유세 잡듯 자기 과시하듯 하던 늙은 듯도 아닌 듯
도 한 남자

그때에 불쑥 나타난 다소 비정상인 듯한 아줌마
맞은편
좌석에 단숨에 일자로 확 드러눕는 것이었으니
그 서슬에 놀란 듯 자세와 옷매무새를 바로 하던
그 남자

이때에 문득 떠오르는 것은 스무 살 무렵의 겨울
아침
지인의 사망 소식을 듣고 몇몇이서 찾아갔던 남부
시립병원
거기 맨바닥이나 평상에 반듯이 혹은 모로 누워

16

있을 뿐인 듯

다만 조용하던 그 몇몇 구의 남녀 시신들

생시의 엄연한 현실

이른 아침 차를 몰고 접어들었던
구불거리는 산길 몇몇 초인가를

깜빡 졸다가 퍼뜩 깨어나니 아직
그대로 운행 중이던 자동차

다른 차량들이 없었던 덕분
곧바로 정신을 차릴 수 있었던

덕분에 그만했던 것이지
아니었다면 그만······

일단은 그날그날의 일들을 제대로
감당해야만 하는 것이 생시의 엄연한
현실이므로 그날이나 오늘이나
비가 오나 눈이 오나 바람이 부나

마음이 아프나 몸이 아프나 어느

각도에서든 크게 달라지지 않는
모습일 수 있고자 하며 한 가정의

짐을 지는 것을 필두로 기꺼이
여기 오늘에 이르렀나이다 시여

이쯤에서라면 매사가 조금은
더욱 투명하게 보일 수도
있어야 하지 않을 것인가

이곳에 살아가기 위하여

힘들다 지겹다 죽고 싶다 등등의
고백 또는 심정 토로들을 직잖이
마주치게 되는 오늘의 현실에서는

잘나갈 때보다 힘겨울 때를
잘 견디며 매사에 진력하는 것이
마땅한 도리이리라 진리이리라

어두운 오지에서도 초점을 맞추며
길을 다듬노라면 건너지 못할 강물들이
따로 있는 것은 아니려니 나름대로의

각고의 노력 끝 끝에 저 강물들을
하나하나 건너본 사람들은 알았으리라
자신들이 먼저 건너야 하는 것들은

무지 게으름 어떤 대상 상대들에 대한
과도한 의식 혹은 스스로의 자격지심
부질없는 두려움 등이었던 것을

육체노동자의 말씀

기술 경력 자격증이 있는 사람들의
저쪽의 일과는 차별적으로 이쪽의
일들은 언뜻 생쇼를 하는 것처럼

읽힐 수도 있겠지만 그 섬세함
정교함 성의 진심 등등에 있어서
결코 어느 무엇 못지않은 일이라

말할 때에 저쪽은 또한 저쪽대로의
입장을 짐짓 지나가는 비처럼 내비치니
세상만사 함부로 대할 일이란

별반 없으리라는 결론이 곳곳에 온갖
초목들처럼 다소곳이 자생하는
정한 모습을 건너다보게도 되나이다

도시의 새벽

저 곳곳의 주택가 아파트 단지
길목 골목에서 쏟아지는 원거리
출근객 일용직 노무자 기술자
배달원들 저들이 각종 교통편으로
일선 현장을 향하는 도시의 새벽

거대한 급경사면을
숨 가쁘게 쏟아져 내리는
황급한 여럿의 물줄기들이
자생적 의지적으로
열렬히 생성되는 새벽

저 모든 이들 각자의 복잡다단
오묘 정치한 삶의 총체적인
인자들이 두루 발현되기 시작하는
시간 아득한 대양의 격동적인 물결
그림자들이 온전히 비쳐 보이기도 하는

매일매일 갖은 난리를 겪는
가운데에서만 비로소 그나마의
면모라도 잃지 않으며 굴러가게 되는
이와 같은 도시 저와 같은 사람들의
생존 혹은 생활의 윤곽들 그림자들

낙원의 세계는 저물지 않으리

제아무리 열악한 여건 속에서도
너의 의지에 따라 너에게 허락되는
조촐한 세계는 있으리

생존의 의지에 대한 소박한 믿음을
네가 지우지 않는 한 너는 그만큼만 한
낙원의 세계를 마주할 수 있으리

반짝이는 푸른 잎들처럼 펼쳐지는
낙원의 세계는 그렇게 있으리 네가
딴전을 피우지 않는 한 낙원의 세계는
저 혼자 멋대로 그냥 저물지는 않으리

낙원의 세계는 너의 허락 없이 멋대로
출입문을 잠그고 불을 꺼버리지는 못하리

낙원의 세계는 늘 새롭게 태어나
너의 도래를 기다리리 네 안에 현존하며

주변 곳곳에 진리 그 자체로 존재하며
낙원의 세계는 언제라도 그 출입문 쪽으로
제대로 다가오는 이들을 내내 기다리리

그 어느 날

그 어느 날은 자신의
석연찮거나 안일한
언행 심사로 인해
스스로가 켜켜이
진리의 모서리
모서리에 부딪치거나
양심의 예리한 정을
맞거나 했던 날

꺼림칙한 심정 혹은
유감스런 현실과 깊은
맥락에서 이어져 있음에
틀림이 없을 저 자신의
각종 진중치 못한
원인적 언행들에
맞닿아 있는 저 자신의
또 한편의 섬광 같은
질책들로 인해 스스로가

일련의 숨 막히는
근원적 소스라침에
다다르게도 되었던 날
그 어느 날

마음의 풍경

저기 저 혼자만의 근심
걱정에 잠기기도 하는 몸과
마음을 한 자루의 세필로 삼아

너와 나 우리들이 침묵의
허공지면에 스치듯 그려놓는
저 자신만의 풍경들은
얼핏 남루할 듯 지루할 듯
모질 듯 여겨지기도 하지만

저 자연 그대로의 푸르른 강물쯤에
찬찬히 그 마음을 비춰본다면
과연 그것은 자연스러운 모습일까
너무 어색한 모습은 아닐 것인가

주변 갈대꽃 잔 풀꽃들에 짐짓
어우러지기에 그다지 동떨어지지
않는 풍경이 그립다 늘 그리워진다

혹한의 겨울밤

바깥세상 일체의 풍경들이
불문곡직 꽝꽝 얼어붙는 밤
곳곳에 맺히고 서리는 예리한
결정체들 연속적으로 이어지는
거대한 완결판의 한파 모질기
그지없는 한파의 무리들

번쩍이는 두꺼운 강철판 같은
얼음으로 도색된 겨울밤은 잠깐
방심하며 내딛은 한 걸음이
치명적 사건의 시작인 동시에
결말이 되기도 하는 밤

혹한의 겨울밤은 너의 생애를
깊은 숙성 과정에 몰입시키기도 하는 밤
너 스스로도 미처 모르는 결에 너의
내면 곳곳을 한껏 높은 경지의 무더위
상태로 끌어 올려놓기도 하는

겨울바람화첩들

텅 비어버린 듯싶은
활엽수림 그 언제라도
방향성이 확연
상큼한 잔가지들

샤프펜슬 심
못지않은 무수한
잔가지들이 무한
세필 스케치 중인
겨울바람의 형상들

얼어붙은 듯
아득한 창공이나
흰 눈을 바탕화면으로
질주하는 찬 바람
시린 바람들을
세필로 옮겨놓는
무수한 잔 나뭇가지들

그 한 생의 추운 날들이
차곡차곡 묻어나는
겨울바람화첩들 그
곳곳에 자상처럼
새겨지는 무연한
흔들림 혹은 나부낌들

신성한 빛의 통로

겨우내 얼어붙었던 골짜기
물줄기들 진저리 치듯
풀어져 내리는 실개천에
잔물고기들 탄성의
그림자 오라기들처럼
이리저리 물살을 일으킨다

그 약간은 단단한
알껍데기를 깨뜨리고
세상에 온 병아리들
주변 곳곳을 한동안
두리번거린다

저 어둡거나 추운 세상
곳곳을 신성한 빛의 통로
혹은 거점으로 삼는 듯싶은
숱한 존재들 생명들의
제반 현상 실체들

봄바람화첩들 1

봄날 초목의 새순들은 삼차원적인
극세밀 기법으로 봄바람의 형상들을
한 올 한 올 옮겨낸다 이리저리 온몸이
꼬이는 가운데에도 여린 새순들은
매 순간 단위의 봄바람화첩들을 꾸며낸다

무한허공을 밑바탕 재료로 하는
두터운 화첩들이 기억의
이쪽 둔덕에 남겨진다

화첩의 낱장을 들출 때마다
묻어나는 색색의 꽃빛깔들
대충 비슷한 듯싶으면서도
하나하나가 미세하게 다
다른 그 풋내 향내들

총체적으로 지구의 태양의 우주의 향이라
부르는 것이 도리일 것 같은 지고한 내용물들

봄바람화첩들 2

해가 바뀐 또 다른 봄날 익숙한 듯 낯선
봄바람들을 새롭게 대면하노라면 세세연년에 길친

일련의 봄바람화첩들 몇몇 쪽들이 솔잎 향내쯤을
머금은 채 차근차근 겹쳐오는 소리 들린다

향, 향들
—그 숲으로, 그 숲에서 1

밤새 내린 안개비의 흔적이나
반짝이는 아침 햇살에 실려 오는
맑은 향 깊은 향에 물들어보고자

연루되어보고자 저 오랜 세월에 걸쳐
저 자신의 도색 작업에 정진 중인 숱한
넋들이 사는 그 숲으로 가면 그 숲에서
느껴지는 고유의 신성한 기척들이나

심오한 숨소리 들린다 소나무
전나무 떡갈나무에서부터 아주
자잘한 웬 풀잎들에 이르기까지 그
온갖 존재들이 뿜어내는 다기한 향들

발길에 차이듯이 지천으로 퍼져
오르는 짙고 엷고 밝고 서늘한 향들 그
한 중간을 가다 보면 잠기게 되느니 저들이
이 내 한 몸쯤을 흔적도 없이 쌈을 싸서
단숨에 먹어치우려 드는 느낌!

하루 한 달 한 해
—그 숲으로, 그 숲에서 2

하루 한 달 한 해 저기 저 숱한
나무들의 팔뚝에 품에 안겼다
풀려났다를 수없이 되풀이 반복하는
뭇 새들의 각양각색 재잘거림들

푸드득거림들 곳곳의 유휴 공간들을
점점이 틈틈이 점유하는 벌 나비나
유충들 혹은 청설모나 조금 더 크고
작은 갖가지 생명들의 빛과 그림자들

잠시 머물다 돌아가는 처지임에도
그 주인 행세를 다하려 드는
일군의 사람들을 때때로 무참한 심정에
빠지게도 만드는 저들 저 숲 속의 식구들

여름바람화첩들 1

고온다습한 여름
한낮이나 깊은
열대야의 숨 막히도록
후끈한 열기 속에서
바람의 기본 속성에
기대보고자 하는
육신들은 시원한
바람결에 내재된
일련의 산뜻함을
추출해내기에
여념이 없었다

여름바람화첩들 2

견딜 수 없는 후텁지근함으로 인해
때로는 자신에게 걸쳐놓은 얇은
옷마저 벗어버리고 싶은 소박한 욕심에
이끌리기도 하였지만 가까스로

치켜세워놓은 절제심의 울타리
안에서일망정 그대로 활활 시야에
잡혀오는 또 다른 장면 저 난데없이
불꽃으로 돌변하는 또 다른 자신의
원색적 원초적인 움직임들

어느 해변의 끈끈한 대기 인자들이
덧입혀진 격한 바람 소리 절절한
신음 소리 자신의 내면에서
혹은 지척에서 들려온다

행복한 시간

모든 길에서부터 차단당한 시간

스스로의 내면을 비워내며 또 다른

자신의 길을 축조하러 나선 시간

그런 입장 자세 그 자체만으로도

이미 충분히 행복했던 또 몇몇 해

주어진 일에 온전히 몰입하며 삶의

의미를 명분을 치열하게 작성해내는 시간은

그 자체의 감미로움에 감싸이게도 되는 시간

외람되이 소박한 신생의 꿈을 간직해보게도 되는
시간

참으로 곤란하고 불편한

아직 의식이 작동 중인
취객 혹은 행인이라면
불쑥 토하거나 다급하게
소변을 해결해야 하는
어느 때에도 본능적으로

내 집 앞(내 동 앞)은
피하고 본다는 것이니
그와 같은 처신에 대해
반성하는 짓은 그저
한가한 또 다른

어느 날의 일쯤으로
여긴다는 것이니 그러니
그렇다면 이 지상에
온전하게 남아날 곳이란

별반 없을 듯 이러한

와중에 저기 저
석연찮은 걸음걸이로
스쳐가거나 어른거리는
또 다른 일군의 그림자들

빗방울들

장대비 잦아드는 무렵에
둑길 숲을 흔드는 바람에
나뭇잎들의 촛불 같은
너울거림에 우수수
흩어지는 빗방울들 저

바람 잔잔해지는
시각쯤에는 문득
숲길로 접어드는
주변 행인들에게
새삼스런 안부 인사라도
건네는 듯 띄엄띄엄
날아 내리는 빗방울들

특히 한참을 어슬렁거리는
이 어느 행인을 두고서는
가일층의 자기각성 의지를
표시하는 다짐이라도

다시 한 번 받아두겠다는 듯
그 뒷덜미쯤을 이따금씩
선연하게 두드리기도 하는
또 몇몇의 빗방울들

가을바람화첩들 1

본래 초록이었던 나뭇잎들이 노랑
주홍 진홍 빛깔을 뽑아 들며 날로
결연한 표정들을 머금기 시작한다

이른 봄에서부터 늦은 가을까지
그 꽃이나 열매의 형상화에
이바지해온 노역들을 뒤로 하고
아직 수분이 적으나마 남아 있기는
남아 있는 그 본래의 나뭇잎들의
변형체들이 떨어지는 순간의 소리는
그 머금고 있는 엽록체 향
수분 무게만큼의 탄력이 느껴진다

가을바람화첩들 2

세찬 바람이 따로 불지 않아도
본래 이치에 따라 떨어질밖에 없을
나뭇잎들 그 효용성이 다한 존재들을
가차 없이 마구 떨어뜨리는 가을바람의
조용한 감촉이나 소리들 혹은
비바람 광풍을 머금은 울부짖음들

비로소 본래의 대지로 담담히 회귀
할밖에 없는 낙엽들 각도에 따라서
때로는 다소 애매하거나 소란스럽거나
부산스러운 존재로도 읽히는

노랑보라빨강초록······

백김치의 흰색 혹은 노란색 간장 혹은 가지
나물무침의 보라 고추장이나 고춧가루의 빨강
열무김치 미나리나물무침의 초록 쌀밥 잡곡밥의
형형색색 빛깔들 생선들 정육들의 흰 빛깔 붉은
빛깔들

웬만하면 대범하게 때로는 세세하게
매사를 대하는 중에 곳곳에서
마주치게 되는 토론 대담 정보 소개 창들
건강 장수에 대한 존경스러운 말씀들
현란한 말씀들 어수선하기 그지없는 말씀들

또 어느 날 난데없이 새로 대두되는
의외의 학설 사실 정보들
그냥 수월하게 한마디로
정의될 수는 없는 숱한 현상들
하루하루 옷깃을 여며가며
늘 처음인 것처럼 또다시
새롭게 대면하지 않을 수 없는

달빛 반짝이는 밤바다

열차의 운행이 뜸한
낮 시간에 철길
터널을 통해 푸른 바다
흰 모래밭을 찾아가곤
했던 시절 도시락밥
하나와 톳장아찌 한 줌
저녁 무렵 혹은 한밤중에
산을 넘어 산길을 따라
읍내로 돌아오곤 했던
그때 멈출 줄 모르는
물결 소리들과 더불어
끊임없는 목마름처럼
펼쳐지던 그 달빛
반짝이는 밤바다

소나무 숲이 어우러진 바닷가 마을

수백 년을 두고 자리해온 저 소나무 숲

이 바닷가 마을과 연륜을 같이해온 높다란 소나
무들

어느 단오 때 매어놓은 것으로 보이는 그네 하나

그 마을에 사는 웬 선배누님을 찾아 몇십 리 자전
거 길을

허위허위 달린 아무개를 따라 바람 쐰답시고 나
선 길

소나무 숲에서 내다보이는 물결 잔잔한 바다

그 바다에 떠 있는 목선 두어 척 저 모래밭에

해당화 붉게 피던 시절 기억 속의 청춘 시절

몇몇 장면들 단편적으로 떠올랐다 사라진다

1960년대의 묵호항

(통조림공장 아가씨와 함께
자취를 하던 ㄴ이 그 아가씨의
오빠를 따라서 탄광지대로 떠난 것은
지난해 겨울이었다)

여름날 선친을 따라 삼척에서
버스 편으로 다다르게 되었던 묵호항

석탄을 실으러 온 일본 배들이
정박해 있던 부두 그 시절의

묵호항이 활기를 띨 수 있었던
주된 이유인 그 검은 빛깔

바닷바람에 마구 펄럭이던 일장기

주변 운동구점에서 구입한 학교
비품용 일제 탁구라켓 배구공 등

50

몇몇 꾸러미들을 나르는 짐꾼으로서
나설 수 있는 기회가 주어져서 비로소
처음으로 마주 대할 수 있게 되었던
그 시절 묵호항의 전경

저와 같은 선박들 편에 많은
선조들이 실려 갔던 아픈 역사
사연들과는 좀 다른 각도에서
다가오던 약간의 이국적인
감상 혹은 현실 우선적인
교역에 대한 새로운 인식 그런

추상 일변도의 상념에나 잠기던
소박한 청소년 너 아무개가 그 주변
곳곳을 찬찬히 둘러보는 것을 그저
묵묵부답 허락했을 뿐이었던 그
여름날 오후 또는 저녁 무렵의 묵호항

화진포에서 맺은 사랑

화진포는 지역을 일러주는 고유명사

사랑은 추상명사

화진포에서 맺은 사랑은 1960년대 이시스터즈의
노래 제목

구성원 중 김씨가 더 많은데도 이시스터즈가 된
건 이난영 씨 따님들의 보컬그룹명이 김시스터즈였
기 때문이라는 이야기

차편도 만만치 않고 살림들도 어려웠던 시절 화
진포에서 젊은 남녀 간의 사랑을 찬미한 그 노래가
그때

사람들의 뇌리를 건드린 것은 이시스터즈의 그 약
간 째지고 활기 넘치고 화려한 화음 때문만이었을까

자연의 색깔들

주변 곳곳의 나뭇잎들
울긋불긋 물드는
깊은 가을 청명한
대기 속에 떠오르는
경애하는 저 옛 님들은
한 생애 또는 아득한
생애에까지 오묘한
색깔들을 걸쳐놓은 채
성한 구석이 별반 없는
이 몸을 짐짓 준열히
꾸짖는 듯하다 너는
도대체가 왜 그 모양이냐

조화 혹은 부조화

큰 눈 내린 아침 해안의 흰 눈 빛깔과
바닷물의 짙푸른 빛깔 하늘 허공의
푸른 빛깔과의 조화 혹은 부조화

연이어 밀려오고 연이어 스러지는
물거품들 잿빛 흰빛 갈매기들 회색
콘크리트방파제 흰빛의 등대 반짝이는
물결들 초록빛 소나무들 곱디고운
흰모래들 사이의 조화 혹은 부조화

눈 녹아내린 연후에 드러나는 본래
그대로의 얼룩진 주변 풍경들과 싱싱한
비린내들과 부패해가는 일체의 모든
역한 냄새들 간의 조화 혹은 부조화

그 곳곳에 살아가는 사람들 저마다의
완강한 절절한 심정들 입장들 간의
조화 혹은 부조화 이해가 상반되는

이런저런 단체들 간의 갖가지 조화 부조화

—물론 진정한 조화의 세계는 허약한
   존재들의 등 뒤에 은밀히 감춰져 있는
   풍경들 그 한참 너머에서나 비로소
   시야에 들어올 여지가 다소 있을 법한
   아주 진기한 세계이리라 (사료되나이다)

촛농

촛불 주변에 주르르
촛농이 쏟아지는
한순간의 청아한
그 소리에 놀라
불현듯 역사 속의
저 옛 님들을
떠올려보는 너
저 님들의 오로라 같은
빛들의 한가운데
파묻히는 너 좀처럼
돌아 나오는 길을
찾지 못하는 너의 마음

월광
─ 푸른빛의 비망록

청명한 달밤 적막에
에워싸여 적막을 밀치고
애잔하게 정교하게 절절히
흘러 퍼지는 저 선율들

너 자신의 생의 어느
모서리 또는 한 중간을
예리한 날[刀]처럼 켜켜이
스쳐놓기도 하는 저 선율들

감미롭기 그지없는
선율들 무연한 선율들

마음 가벼움이 깃털처럼도 느껴지는 시간
─저 님이 새겨놓은 말씀

차편으로 닿은 섬에서
곧바로 배를 타고 또 다른
섬에 이르러 점심을 먹은 후

일몰이 장엄하게
내다보일 듯싶은 그
산기슭 관음사에도
들렀다가 육지의

부두 주변으로 돌아 나와
저녁을 먹으며 그
서편 하늘 쪽을 되짚어
내다보기도 하며
돌아오는 중에

날이 저물고 달이 뜨고
마음 가벼움이 깃털처럼도
느껴지는 그 시간에 당신이

무한허공 한쪽 외벽에
나직한 목소리로 새겨놓는 말씀

시인의 기념관은
시집 하나면 충분하리라
그것이 곧 그 지붕이요
기둥이요 탁자 내부 복도이리라……

선착장 풍경

저 바닷가 거대한 철제 선반에 얹혀
수리 중인 어선 한 척 삼사백 마력

선체의 그 T자형 밑바닥철판 부위
앙증맞고도 강건한 스크루

경유를 쓰던 다소 느린 옛날 배 아닌
가솔린엔진을 쓰는 저와 같은 어선을 타고

인근 바다 혹은 먼바다의 여러
생물들을 끌어 올렸을 사람들

어시장에 부려졌을 새우 우럭 삼식이
농어 꽂게 바닷장어 동어 물메기들 순진한

소년의 표정을 지으며 무지막지 큰
광어를 구경시켜주던 어느 선원의
그림자가 어른거리기도 하는 저 배

곳곳 각종 풍상의 흔적들 정겹고
절절하고 아프고 뜨겁기 그지없는

1980년대의 남포동 블루스

여름방학 때의 불갑초등학교 방문 행사— 여고 임
원아이들 주임 선생들 교감 선생 등이

배구공 축구공 각종 학용품 보퉁이들을 챙겨서 자
매학교를 찾는 연례적인 행사—

며칠을 그 지역 곳곳에서 묵다가 마지막으로 들르
는 영광 가마미해수욕장

모래밭에서 축구도 하고 바닷물에 들기도 했다가
근처 여관에서 일박—

그날 밤 일행들의 잠을 설치게 했던 저 해변의 젊
은 남자아이들

밤새도록 김수희의 「남포동 블루스」 하나만을 틀
고 또 틀던 그 아이들

덕분에 이제도 속속들이 기억하게 되어버린 그 남
포동 블루스의 온갖 요소들 뭐

여고 아이들 몇몇이 몽유병 환자처럼 저들의 텐트
를 찾을 것으로 기대했던 것은 아니겠지만

아무개 선생이 있는 한 어떤 일도 있을 수 없었지
만 물론 이 몸이 저 모든

남녀 아이들 각자에게 남겨놓은 공과는 어디까지
나 저들 소관의 사항들이겠지만

찰나적인 조응의 한때

정겨운 또 하나의 별

짐짓 스러지는 지붕 끝

혹은 첨탑 그 주변 천상에

남겨지는 섬광의 여운들

당신들의 수십 년간의

말씀들 견고한 어록들

괜한 이유나 대며 자기변명에나

급급했던 너의 문제점 많은 생의

심 박힌 줄거리 사연들이 얼핏

개켜지거나 펼쳐지는 정경들을

참괴하나마 선명히 인지하지 않으면

안 되었던 그 찰나적인 조응의 한때

시와 삶의 관계

너를 관류하는 삼라만상들을
너의 빛깔로 길어 올려서 생짜로
내놓거나 다듬고 쥐어짜고 데치고
튀기고 빚어서 흠뻑 퍼 나르는
일들을 하다 보면

생애 내내 자기 자신 혹은 또 하나의
자기 자신 몇몇의 자기 자신들과
결코 수월하게 끝을 볼 수 없는
기나긴 내면적인 싸움에 몰입하게 된다

그 주변을 기웃거리는 소박한
너의 그림자 진지하고 의연하고
다소곳하고자 하는 너의 심사들은
어느 새벽이나 한밤중에 과연
어디를 무엇을 향하고 있는 것일까

십 년 이십 년 삼사십 년

준엄한 거미줄에
온전히 내걸린 채
혼절하는 저
스스로를 마냥
겹쳐보게도 되었던
어느 날
또 다른 어느 날
십 년 이십 년
삼사십 년

영적 채무자의 언술

영혼의 고혈이라도
뽑아내서 갚아야 할
빛이 있다면
마땅히 그리
해야 하리라
과거는 흘러간 바람
과거는 떠나간 버스
그렇더라도

언제 어디서나
그때그때 발등의
불을 끄면서
부지런히 무심한
세월의 허공지면에
제대로 된 점 하나
선 하나라도 새겨
넣고자 하나이다

산뜻하기 이를 데 없는 온갖 형상들을 바탕으로

칠흑 어둠을 비집고
날아오르는 한 마리 나비

외진 둔덕의 파란 풀

희망을 위해 그 마음을
온전히 기울이는 저 행인

경건한 빛을 머금은 도랑물

하늘이나 땅이나 바다
외경심을 자아내는 생명들

저 산뜻하기 이를 데 없는
온갖 형상들을 바탕으로

기억의 수평선 너머에서 2

수평선 너머에서 범선들이 하나하나 떠올라오는 정경—

초등학교 시절 교과서에서 본 그림 – 수평선을 넘어오는 돛단배 – 처음에는 돛대나 돛폭쯤만 보이다가 점차로 돛단배 전체 모습이 보이게 되는 그림 – 그 – 지구가 둥글다는 사실을 알게 해주는 예시적인 그림 – 이나

삼십대 중반 자정 무렵 도버 항을 떠나는 큰 여객선에서의 그 흔들림의 기억 또는 졸음을 참아가며 블로뉴 항에 닿았던 새벽녘의 그곳 정경들 또는

파리의 프낙에서 사 온 몇몇 책자들 가운데 문고판 책자 한둘을 번역했던 1980년대에 그 어느 한쪽에 실린 삽화에서 번져 나오던 장면들 아니면

삼십대 후반 학생아이들이나 몇몇 동료 선생들과

자매학교 위문을 떠났던 때의 그 영광 가마미해수욕
장 앞바다 저녁 무렵의 밀물 이른 아침의 썰물 풍경
들이거나

　오래지 않은 시절 한려수도 유람선에서 둘러보게
된 남해안 일원의 풍경들 혹은

　그 훨씬 이전 십대 후반 막막한 심정으로 겨울 동
해바다 연변을 헤매던 시절의 정경들— 아니면

　미처 다 담지 못한 기억 속의 정경 배경들까지를
모두 포함한 형상들일 수도 있으리라—

　저 범선들이 무엇 때문에 어디로 나갔다가 이제
돌아오는지 주변 사정들은 어떤지 부두의 구성원들
혹은 구성인자들 각각의 표정들은 어떤지 등등은 일
단 그 각자의 몫으로 남겨두고 다시 정리해본다면
다만

기억의 수평선 너머에서 이제도 여전히 숱한 범선
들이 올라오고 있다

묵시록

무기력 공황상태 등이 뒤엉긴 원석들에서
육화된 깨침을 제련해내는 작업에는
그에 걸맞은 용광로가 필요하다

나는 들녘이나 바다 산악지대나 저잣
거리에서 비좁은 반지하 작업장에서
그런 용광로들의 그림자를 스쳐보았다

물론 큰 행사장 대단위 공장 진지한
세미나 현장에서 무엇을 못 보았다는
얘기는 아니다 진리의 반경을 벗어나지
않고자 하는 이들의 생의 빛깔들은 아름다웠다

세상의 적막한 식탁에 진정으로 육화된
깨침을 올리고자 하는 소박한 마음을
싱싱 저장고 삼아 지내고자 한다

눈빛

너의 생애를 통해
너의 눈빛에 담기게 된
숱한 사연들은 세월의
소각장 망각의
화염 속에 스러졌다
비눗방울처럼
바스라지기도 했다
그렇지만

무연히 이어지고
이어지는 것들
이 세상의 눈빛들이
간절히 보듬으려
하는 것들은
불타지 않고 남았다
남아서 이어졌다

|해설|

바람화첩의 월광, 시와 생의 항해술

장 철 환

1. 기억 너머의 '범선들'

견줄 수 없는 빛이 있다. 대기의 푸른빛, 밤바다에 펼쳐
진 달빛, 시인의 눈빛도 그 가운데 하나이다. 오랜 필력의
시인이라면, 사라지는 것 가운데 "무연히 이어지고/이어
지는 것들"(「눈빛」)을 잊지 않고 눈빛에 새겨둘 법하다.
장영수 시인의 여섯번째 시집 『푸른빛의 비망록』은 그 인
고의 과정을 시로 각인한 필생의 기록이다.

신이든 자연이든 인간이든, 소소한 일상의 사건들 속
에서 시와 삶의 비의를 적출하는 일에 내내 몰두하기란
쉽지 않다. 거기에는 "생의 구성인자들 간의 보편성 긴
장"(시인의 말)이 내재해 있기 때문이다. 말이 '긴장'이지,
그건 우리의 생을 구성하는 다양한 요인들 간의 충돌이

요, 자기와의 내밀한 투쟁이다. '긴장'의 시간 동안 "소박한 신생의 꿈"(「행복한 시간」)을 버리지 않고 평생을 분투한 시인이라면, "시 또는 삶의 이름으로" 정박(碇泊)에 대해 말하지 않을 이유가 없다.

기억의 수평선 너머에서
범선들이 올라온다

바람의 방향과 속도를
몸으로 그려내는

돛폭들을 거느린
범선들이 시시각각

다가온다 반짝이는
물결들 새로운 시간의

순백색 물거품들을
켜켜이 머금고 껴안는

범선들이 이제 막
닻을 내리기 시작한다
                              —「기억의 수평선 너머에서 1」—

시 또는 삶의 이름으로」 전문

　"기억의 수평선 너머에서" 올라오는 "범선들"을 가늠
하기 위해서는, 무엇보다 먼저 '기억의 수평선 너머' 저편
으로 항해해야 한다. 부제를 참조컨대, 항로는 시와 삶이
라는 두 개의 수로(水路)이다. '범선들'의 항적은 바로 이
시와 삶의 수로 사이에 그려진다고 할 수 있다. 이렇게 말
할 수도 있겠다, 시와 삶은 기억 너머에서 지금 막 항구에
도착한 '범선들'의 다른 이름이라고. 이 두 개의 별칭이
중요한 것은 여기에 "결코 수월하게 끝을 볼 수 없는/기
나긴 내면적인 싸움"이 내재해 있기 때문이다.

　　너를 관류하는 삼라만상들을
　　너의 빛깔로 길어 올려서 생짜로
　　내놓거나 다듬고 쥐어짜고 데치고
　　튀기고 빚어서 흠뻑 펴 나르는
　　일들을 하다 보면

　　생애 내내 자기 자신 혹은 또 하나의
　　자기 자신 몇몇의 자기 자신들과
　　결코 수월하게 끝을 볼 수 없는
　　기나긴 내면적인 싸움에 몰입하게 된다

그 주변을 기웃거리는 소박한
너의 그림자 진지하고 의연하고
다소곳하고자 하는 너의 심사들은
어느 새벽이나 한밤중에 과연
어디를 무엇을 향하고 있는 것일까
　　　　　　　　　—「시와 삶의 관계」 전문

"결코 수월하게 끝을 볼 수 없는/기나긴 내면적인 싸움"의 함의는 이중적이다. 외적으로는 "너를 관류하는 삼라만상들"과 그것을 "흠뻑 퍼 나르는/일들" 사이의 싸움이고, 내적으로는 자기 자신과의 내밀한 싸움이다. '내면적인 싸움'을 구성하는 것은 시작(詩作)의 분투와 생의 분투라는 두 개의 인자(因子)인 것이다. 이 두 개의 싸움을 아울러 "생시의 엄연한 현실"(「생시의 엄연한 현실」) 속에서의 "너의 그림자"와 "너의 심사들"의 싸움이라고 해도 좋다. 시의 마지막 구절 "어느 새벽이나 한밤중에 과연/어디를 무엇을 향하고 있는 것일까"가 예증하듯, 시와 삶은 '범선들'의 항해를 추진하는 두 개의 추력이 된다. 장영수 시인은 '시와 삶의 관계'에서 발생하는 안팎의 싸움을 단 한 번도 묵과한 적이 없다.

그렇다면, 우리는 지금 막 당도한 그의 여섯번째 시집에서 마침내 그 기나긴 싸움의 끝을 목도하게 되는 것인가? 다시 말해, '범선들'의 도착을 알리는 「기억의 수평선 너머에서 1」의 마지막 연("범선들이 이제 막/닻을 내리기 시작한다")은 "기나긴 내면적인 싸움"의 종료를 선포하는가? 그러나 이러한 단정은 아직 시기상조이다. "범선들이 이제 막/닻을 내리기 시작한" 곳이 긴 항해의 정박지이긴 하지만, 여정이 완전히 끝난 것은 아니기 때문이다. 입항이 출항의 출발점이 된다는 점에서 정박은 항해의 끝만을 의미하는 것은 아니다. 이는 그의 "기나긴 내면적인 싸움"이 아직 종료되지 않았음을 암시한다. 그러니 "시와 삶의 이름으로" 펼친 항해일지부터 살필 일이다.

2. '내면적인 싸움'의 항해일지

첫 시집 『메이비』(문학과지성사, 1977)는 모항을 떠날 때의 포부를 다음과 같이 기록하고 있다.

> 自然은 오늘도 아름답다. 自然은 따뜻하고
> 그윽하다.
> 하느님. 그러나 나는 自然에 기대어 살지는
> 않겠어요. 나는 나를 이루는 것들이 만나는
> 自然에서 늘 自然 더 멀리에서 온 힘 가진
> 이들이 다 가지고 놀고 싸운 다음에 우리에게
> 남기는 自然을 얌전하고 힘차게 말하는

아이가 되지는 않겠어요.

내가 말하려는 건 自然 너머에서 自然을
통하여서, 나를 통하여서 오는 것들.
거기, 저질러지고 엎질러진 모든 죄의
앙화와 믿음의 기쁨도 나를 통하여서.
나는 나를 통하여서 우리에게, 우리를
통하여서 自然에 들어가겠다. 그 때에만
自然은 내게도 한 평, 내가 머무를
땅 속을 허락할 것이기에.

—「自然에 대하여 I」전문

'기억의 수평선 너머'의 원형질을 이보다 더 잘 보여주
는 시도 없을 듯하다. 이 시는 먼 길을 항해하는 자의 고
군분투를 예견한다는 점에서 시적 항해술의 요의를 잘
보여주고 있다. 인간에 의해 대상화된 자연, 풍류와 은일
로서의 자연은 그가 귀속되고자 하는 자연과 거리가 멀
다. 이것은 그가 자연에 주는 혜택을 모르기 때문이 아니
다. 그도 자연이 '아름답고, 따뜻하고, 그윽하다'는 것을
누구보다 잘 알고 있다. 그럼에도 불구하고, 시인은 그러
한 안락에 상주하지 않겠다는 것이다. 긴 항해가 끝난 바
로 "그 때에만" 비로소 '자연'은 "한 평, 내가 머무를/땅
속"을 허여하기 때문이다. 이렇게 1연은 도피로서 또는

향락으로서의 자연에 의탁하지 않겠다는 항해자의 결연한 의지를 선포하고 있다.

그의 시선이 향하는 곳은 "自然 너머에서 自然을/통하여서" 오는 것들이다. 그렇다고 '자연 너머'의 세계를 유토피아 같은 초월적이고 비실재적 공간으로 오해하지는 말자. 왜냐하면 그의 발걸음은 "나는 나를 통하여서 우리에게, 우리를/통하여서 自然에 들어가겠다"는 의지와 신념으로부터 추동되기 때문이다. 여기에는 "어른이 되어서는 모두가 고아였다"(「메이비」)는 생의 실존적 통점에 대한 인식과, "우리가 같이, 빛처럼 살아 남을 수 있다는 것"(「거리」)에 대한 공동체적 희망이 동시에 포함되어 있다. 전자에서 "죄의 앙화"가 나온다면, 후자에서는 "믿음의 기쁨"이 도출된다. 양자의 간극으로부터 '나→우리→자연'으로 이어지는 도정 내내 "기나긴 내면적인 싸움"이 발생하는 것이다. 따라서 '나'에서 '우리', 다시 '우리'에서 '자연'으로 귀환하겠다는 다짐은 "시 또는 삶의 이름으로" 이어져온 이번 항해의 출사표라 할 만하다. 이런 맥락에서 "장영수의 자연은 언제나 인간화되어 살아 있는데, 바로 그러한 점이 그의 詩를 젊고 생기 있는 詩로 만들어 놓는 요인"(오생근 해설, 「시와 삶에 대한 사랑」)이라고 할 수 있을 것이다.

돌이켜보건대, "내면적인 싸움"의 항행에는 다음과 같은 중간 기착지들이 있었다. 두번째 시집 『시간은 이미 더 높은 곳에서』(문학과지성사, 1983)에서 그다음 시집 『나비 같은, 아니아니, 빛 같은』(문학과지성사, 1987)을 거쳐 네번째 시집 『한없는 밑바닥에서』(문학과지성사, 2000) 까지의 항해일지는 그 기착지들을 다음과 같이 기록하고 있다.

나는 매일매일 일과에 묶이고 내, 그것 전체를 속박으로만 여기지는 않지만 모든 관계에 묶이고 법에 묶이고 또 무엇에나 묶인다, 물론 자연이고 도리이고 하는 것들이 좋은 품 속인 줄을 나는 안다, 그렇기 때문에 그것들이 냉혹한 사슬인 줄도 나는 안다. (「사슬 속의 속삭임·Ⅱ」 부분, 『시간은 이미 더 높은 곳에서』)

이 허공의 무한한 길을 열며/열게 안 될 때는 우선 알며 이 세상/어디를 스르르르 드나드는 나비 같은 아니아니/빛 같은 영혼을 끝끝내 나는…… 갖고 있는가? (「나비 같은, 아니아니, 빛 같은」 부분, 『나비 같은, 아니아니, 빛 같은』)

이 가당치 않은 꿈 이/무거운 쇠기둥 같은 것들/언제나 나를 바닥에서부터/다시 시작하게 만드는…… (「생의 밑바닥에서 2」 부분, 『한없는 밑바닥에서』)

자연의 품속에서 그것이 "냉혹한 사슬"이라는 것을 깨

82

치는 것은 어려운 일이다. 자연이 치유의 공간이거나 현실 도피의 이상적 공간으로 존재할 때는 더욱 그렇다. 그 무엇이든 소중한 대상의 냉엄한 이면을 보는 것은 고통스런 일임에 틀림없을 테니 말이다. 그렇다면, 허공의 무한한 공간 속에서 자유를 실현하기 위해 "빛 같은 영혼"을 꿈꾸는 것은 어떠한가? 상승에의 의지와 열망을 통해 냉혹한 현실에 속박된 영혼을 위무하는 것은 가능할 것인가? 오히려 우리가 처한 현실적 토대에 대한 자각은 '나비 같은, 혹은 빛 같은' 존재와는 대조적으로 추락하는 자의 고뇌를 배가하고 있지 않은가. 그러니 시와 생의 항해는 '한없는 밑바닥'에서 "언제나" 다시 시작할 뿐이다.

이러한 편력이 다섯번째 시집 『그가 말했다』(문학과지성사, 2006)에서 다음과 같은 자기 발화로 수렴되고 있는 것은 의미심장하다.

조화로운 총체성을 향한

감동에로의 회귀의 당위성

참 그럴듯하게는 들리는구나

너 그 실체를 보여봐라

뭐가 아니더라도

비슷한 놈일 뿐이더라도

부디 한번 펼쳐보이시옵소서

평생의 숙제 너무 어려워

한 줄이라도 제대로 했으면 하는 심정

시행착오조차 아름다워질 때까지

세상이 한번 몸을 꼬는 날까지
　　　　―「스스로가 스스로에게 말했다―총체성 편」전문

　　"조화로운 총체성을 향한/감동에로의 회귀의 당위성"
에 대한 염원은 그의 "기나긴 내면적인 싸움"의 궁극적
인 지향이 어디로 향하고 있는지를 잘 보여준다. '총체성'
이라는 말이 갖는 추상적 관념성을 논외로 한다면, 이 경
직된 단어는 '나'와 '우리', 그리고 '자연'을 포함한 세계
전체의 조화에의 추구로 해석될 수 있을 듯하다. 그것이
"너 그 실체를 보여봐라"라는 호기로운 요구이든 "부디
한번 펼쳐보이시옵소서"와 같은 절절한 염원으로 나타나

든, '총체성'의 문제는 시인의 "평생의 숙제"이자 화두라고 할 수 있다. "시행착오조차 아름다워질 때" 또는 "세상이 한번 몸을 꼬는 날"이 호출하는 부재의 시간은 이러한 염원에 함축되어 있는 비장함을 더욱 배가하고 있다. 『푸른빛의 비망록』의 '시인의 말'이 "생의 구성인자들 간의 보편성 긴장"에 대한 탐구로 시작하는 것도 이러한 맥락에서이다.

'총체성' 혹은 '보편성'의 추구에서 주목해야 할 것은 시적 언어가 그러한 사유의 크기를 감당할 수 있을 것인가가 아니라, 그러한 추구에 내재한 이중적 운동으로서의 '긴장'의 성찰이다. 이에 대해 오형엽은 이 시집의 해설에서 "'몰락'의 '하강'은 수직적 '상승'과 긴밀히 내통하고 있다"고 말한 바 있다. 하강은 상승에의 실패란 점에서 '몰락'이겠으되, 재상승으로의 의지를 견인한다는 점에서 재도약의 발판이라고 할 수 있다. 상승과 하강은 일회적 사건이 아니라 우리의 생을 구성하는 두 개의 근원적 운동이란 뜻이다. 그의 시와 삶이 '몰락'의 기저에서 "언제나" 다시 시작할 수밖에 없는 이유가 여기에 있다. 이러한 사실은 '총체성' 혹은 '보편성'의 추구가 우리의 생을 구성하는 힘들 사이의 간극과 긴장에 대한 심구라는 것을 보여준다.

그러므로 "범선들이 이제 막/닻을 내리기 시작한다"는 이런 맥락에서 이해되지 않을 도리가 없다. '범선들'의 항해는 상승과 하강이라는 생의 두 근원적 운동의 다른 이름이기 때문이다. 여기서 놓치지 말아야 할 것은 이러한 회귀에 "바람의 방향과 속도"를 온몸으로 받아낸 '돛'의 시간이 내장되어 있다는 사실이다. "새로운 시간"에의 기대와 열망은 바로 '바람'과 '돛'의 긴장의 시간을 견디는 일에서 비롯한다. 그것도 항해 내내 말이다. 그러니 유능한 항해사가 항구에 도착해 먼저 살필 것은 '닻'이 아니라 '돛'이며 '바람'의 동향이다.

3. '바람화첩'과 푸른빛의 월광

'바람화첩'은 돛과 바람의 동향의 그림이다. 부는 것이 바람이라면, 견디는 것은 돛이다. 그 사이에 시와 생의 아슬아슬한 긴장이 '범선들'을 추진한다. 『푸른빛의 비망록』은 그림으로 치자면 '바람의 화첩'인 셈이다.

텅 비어버린 듯싶은
활엽수림 그 언제라도
방향성이 확연
상큼한 잔가지들

샤프펜슬 심

못지않은 무수한
잔가지들이 무한
세필 스케치 중인
겨울바람의 형상들

얼어붙은 듯
아득한 창공이나
흰 눈을 바탕화면으로
질주하는 찬바람
시린 바람들을
세필로 옮겨놓는
무수한 잔 나뭇가지들

그 한 생의 추운 날들이
차곡차곡 묻어나는
겨울바람화첩들 그
곳곳에 자상처럼
새겨지는 무연한
흔들림 혹은 나부낌

「겨울바람화첩들」진문

　　'겨울바람화첩'은 "텅 비어버린 듯싶은" 풍경에서 끄
집어낸 "겨울바람의 형상들"이다. 먼저, "무수한 잔 나뭇

가지들"은 "시린 바람들을/세필로 옮겨놓는", 즉 추위와 고난 속에서 "한 생의 추운 날들"이 그려놓는 그림이다. 이런 의미에서 '겨울바람화첩'은 "생시의 엄연한 현실" 의 축도라고 할 수 있다. 여기에서 바람에 흔들리는 나뭇 가지가 생의 시련이 야기하는 '자상(刺傷)의 크로키'이기 도 하다는 사실이 드러난다. '바람의 자상'은 뒤에서 살필 '월광의 자상'을 이해하는 데 중요한 단서가 되는데, 이로 부터 누설되는 것은 '겨울바람화첩'이 우리의 생애를 "깊 은 숙성 과정에 몰입시키기도 하는"(「혹한의 겨울밤」) 숙 고의 시간이란 사실이다.

이와 함께 '겨울바람'의 형상이 '바람화첩'의 첫 그림 이라는 데 유의하자. '바람화첩'이 "한 생의 추운 날들" 을 형상화한 그림으로 시작하는 것은, '범선들'의 항해가 겨울에서 시작해 다시 겨울로 회귀하는 시간 속에 처해 있음을 뜻한다. 그럼 다른 계절의 바람은 어떤가? '봄바 람화첩'은 "극세밀 기법으로 봄바람의 형상들"(「봄바람 화첩들 1」)의 내면에서 발산되는 "지구의 태양의 우주의 향"(「봄바람화첩들 1」)을 그려내고 있다. '여름바람화첩' 은 "후끈한 열기 속에서"(「여름바람화첩들 1」) 여름바람 의 기본 속성인 "원색적 원초적인 움직임들"(「여름바람 화첩들 2」)을 포착하고 있다. 또한 '가을바람화첩'은 나뭇 잎의 색이 지닌 "결연한 표정들"(「가을바람화첩들 1」)에 서 "비로소 본래의 대지로 담담히 회귀"(「가을바람화첩들

2)하는 자의 모습을 형상화하고 있다.

이는 각 계절에 고유한 바람의 속성이 생의 시간과의 조응 속에서 불어온다는 사실을 보여주고 있다. 각 계절의 화첩에 불어오는 것은 생의 고유한 향기이고 열기이며 표정이지만, 그 속에는 우리 생을 구성하는 인자들 간의 '보편적 긴장'이 함축되어 있는 것이다. 이렇게 장영수는 '계절바람화첩'에서 바람의 속성과 거기에 내재한 생의 원리를 깨치는 데 열중하고 있다. 그의 붓이 줄곧 바람을 그리기를 멈추지 않는 것은 그의 시간이 '조화로운 총체성'을 향한 항해의 과정 중에 있기 때문이다. 여기에서 필연적으로 '푸른빛의 비망록'과 같은 도수 높은 바다의 술이 숙성되어 나온다. 이는 '푸른빛의 비망록'을 발효하는 시의 시간이 생의 바람을 견디는 인고의 시간이라는 사실을 고스란히 보여준다.

이 모든 계절과 시간에서 "바람의 방향과 속도"를 "몸으로 그려내는" 것은 '돛'의 몫이겠으나, 그 '돛'이 '범선들'의 방향을 거스르지 않는 건 타(舵)의 존재 때문이다. 조타(操舵)의 핵심은 배가 최대의 추력을 얻을 수 있도록 바람의 방향에 따라 타를 조절하는 데에 있다. 바다는 길고 험난한 항해의 항적을 남겨두지 않는다. 그럼에도 '범선들'이 길을 잃지 않은 건 '푸른빛'으로 인도하는 길잡이가 있기 때문이다. 장영수의 시에서 밤바다의 '달빛'은 '범선들'이 제 갈 길을 가늠하는 천체의 부표와 같은 역할을 수행한다. 이때 노련한 타수는 달의 궤도가 생의 지향과 겹쳐질 때의 움직임, 그 미세한 울림을 놓치지 않는다. 그는 '달빛'의 선율에 귀 기울이는 자이다.

청명한 달밤 적막에
에워싸여 적막을 밀치고
애잔하게 정교하게 절절히
흘러 퍼지는 저 선율들

너 자신의 생의 어느
모서리 또는 한 중간을
예리한 날[刀]처럼 켜켜이
스쳐놓기도 하는 저 선율들

감미롭기 그지없는
선율들 무연한 선율들
　　　　　　　　　　　—「월광—푸른빛의 비망록」 전문

"적막을 밀치고/애잔하게 정교하게 절절히/흘러 퍼지는" 월광이라면, "끊임없는 목마름처럼/펼쳐지던 그 달빛"(「달빛 반짝이는 밤바다」)이기도 하겠다. 일단, 그것은 '밤의 적막'을 뚫고 나오는 빛이기에 '애잔하고, 정교하고, 절절하게' 울려 퍼진다. 게다가 그것은 "생의 어느/모서리 또는 한 중간"의 상처의 무늬와 "켜켜이" 중첩된다, 마치 흔들리는 나뭇가지가 그 자체로 "한 생의 추운 날들"의 상흔이었듯이. 그리하여 달빛이 연주하는 노래는 우리의 생의 조건과는 "무연한 선율들"이겠으되, 우리의 생의 상흔과 결코 무연하지는 않게 된다. '푸른빛의 비망록'이 이러한 상처의 채록인 한에서, 그의 시는 달빛이 켜는 생의 "무연한 선율들"을 닮을 수밖에 없을 것이다. 그 선율을 "감미롭기 그지없는" 것으로 인지하는 주체의 태도에서 우리가 체득하는 건 생의 상처를 '애잔하고, 정교하고, 절절하게' 발화하는 자의 비애이고, 동시에 달빛이 연주하는 "무연한 선율들"이야말로 "조화로운 총체성을 향한/감동에로의 회귀의 당위성"의 육화라는 깨달음이다.

이는 '겨울바람화첩'에서의 "자상처럼/새겨지는 무연한/흔들림 혹은 나부낌들"에 대한 깨달음과 밀접한 관계가 있다. 내면적인 싸움에 한창 열중할 때, 싸움과는 무관하지만 항상 그것과 함께 있었던 빛과 선율들, 곧 '무연한 선율들'에 대한 각성과 감동. 예컨대, "저녁 무렵 혹은 한밤중에/산을 넘어 산길을 따라/읍내로 돌아오곤 했던/그때 멈출 줄 모르는/물결 소리들과 더불어/끊임없는 목마름처럼/펼쳐지던 그 달빛/반짝이는 밤바다"(「달빛 반짝이는 밤바다」)를 보라. 가난과 소외가 야기하는 슬픔과 고통과 절망의 '터널'은 "푸른 바다"와 "흰 모래밭"이 여일하게 비춰주는 달빛과 선명한 대조를 이룬다. 여기서 '범선들'의 고달픈 항행을 가능케 하는 바람은 "멈출 줄 모르는/물결 소리들"이며, "끊임없는 목마름처럼/펼쳐지던 그 달빛"이기도 한 것이다. 범선의 '돛'은 '물결 소리'와 '달빛'을 담는 그릇이기에, 그것이 펼치는 모양은 생의 기상(氣像)에 대한 각성의 순간을 예증한다.

　　그 어느 날은 자신의
　　석연찮거나 안일한
　　언행 심사로 인해
　　스스로가 켜켜이
　　진리의 모서리
　　모서리에 부딪치거나
　　양심의 예리한 정을
　　맞거나 했던 날

　　꺼림칙한 심정 혹은
　　유감스런 현실과 깊은
　　맥락에서 이어져 있음에
　　틀림이 없을 저 자신의
　　각종 진중치 못한
　　원인적 언행들에
　　맞닿아 있는 저 자신의

또 한편의 섬광 같은

질책들로 인해 스스로가

일련의 숨 막히는

근원적 소스라침에

다다르게도 되었던 날

그 어느 날

───「그 어느 날」 전문

　"그 어느 날"은 자신의 허위와 죄에 대한 징벌과 깨우침의 날이다. 여기서 핵심은 허위와 죄를 "꺼림칙한 심정 혹은/유감스런 현실"의 탓으로 몰아세우지 않음에 있다. 즉 자기의 허위와 죄는 '결과적 언행들'이 아니라 "원인적 언행들"이라는 자각. 그러므로 '질책들'은 깨달음의 순간과 일치한다. 그것은 "일련의 숨 막히는/근원적 소스라침에/다다르게도 되었던" 각성의 시간인 것이다. 어쩌면 정박의 시간은 바로 이러한 "근원적 소스라침"의 순간 속에서만 제대로 이해될 수 있을 듯하다. 다시 말해, 항행을 마치고 귀환한 자에게 '자연'이 선사하는 "한 평, 내가 머무를/땅 속"이란 '긴장'이 소거된 정적 시간이 아니라 "원인적 언행들"에 의해 '긴장'을 자각하는 동석 시간인 것이다. 이는 "그 어느 날"이 완결된 한 때가 아님을, 곧 "그 어느 날"은 과거의 그날이지만, 다시 돌아올 날이기도 하다는 역설을 보여준다. 그것은 과거의 기억들이 축

적된 겹의 시간이란 의미에서, 이를 테면 "십 년 이십 년/
삼사십 년"(「십 년 이십 년 삼사십 년」)의 세월이 내장되어
있다는 의미에서 미래의 시간을 예기한다. "그 어느 날"
은 회귀하는 시간의 화첩이다.

4. 다시 오는 '범선들'

그렇다면, 이제 응시해야 할 것은 도착한 '범선들'이 아
니라 도착할 '범선들'이다.

수평선 너머에서 범선들이 하나하나 떠올라오는 정경―

초등학교 시절 교과서에서 본 그림 – 수평선을 넘어오는
돛단배 – 처음에는 돛대나 돛폭쯤만 보이다가 점차로 돛단
배 전체 모습이 보이게 되는 그림 – 그 – 지구가 둥글다는
사실을 알게 해주는 예시적인 그림 – 이나

삼십대 중반 자정 무렵 도버 항을 떠나는 큰 여객선에서
의 그 흔들림의 기억 또는 졸음을 참아가며 블로뉴 항에 닿
았던 새벽녘의 그곳 정경들 또는

파리의 프낙에서 사 온 몇몇 책자들 가운데 문고판 책자

한둘을 번역했던 1980년대에 그 어느 한쪽에 실린 삽화에서 번져 나오던 장면들 아니면

삼십대 후반 학생아이들이나 몇몇 동료 선생들과 자매학교 위문을 떠났던 때의 그 영광 가마미해수욕장 앞바다 저녁 무렵의 밀물 이른 아침의 썰물 풍경들이거나

오래지 않은 시절 한려수도 유람선에서 둘러보게 된 남해안 일원의 풍경들 혹은

그 훨씬 이전 십대 후반 막막한 심정으로 겨울 동해바다 연변을 헤매던 시절의 정경들―아니면

미처 다 담지 못한 기억 속의 정경 배경들까지를 모두 포함한 형상들일 수도 있으리라―

저 범선들이 무엇 때문에 어디로 나갔다가 이제 돌아오는지 주변 사정들은 어떤지 부두의 구성원들 혹은 구성인자들 각각의 표정들은 어떤지 등등은 일단 그 각자의 몫으로 남겨두고 다시 정리해본다면 다만

기억의 수평선 너머에서 이제도 여전히 숱한 범선들이 올라오고 있다

이 시는 서시 「기억의 수평선 너머에서 1」의 후속편이
자 시집 전체의 에필로그라 할 만하다. 기억의 수평선 너
머에서 출현하는 '범선들' 각각의 삽화는 항해의 세목을
가늠하는 유용한 참조가 된다. 흘수(吃水)선 아래 감추어
진 "각종 풍상의 흔적들"(「선착장 풍경」)은 항해의 이면
의 형상들을 고스란히 보여준다. 그것은 지금까지 살핀
바, "미처 다 담지 못한 기억 속의 정경 배경들까지를 모
두 포함한 형상들"임에 틀림없다. 새롭게 살펴야 할 것은
마지막 두 연에 묘사된 '범선들' 도착 이후의 광경들이다.
하나는 부두의 풍경이고, 다른 하나는 기억의 수평선 저
너머의 풍경이다.

전자는 항해 이후 '범선들'이 선적하고 하역한 것이 무
엇인지에 대한 궁금증을 자아낸다. 이는 과거의 기억의
편린들이 어떻게 지상의 공간에 안착할 것인가에 대한
대답을 선제적으로 보여주는 듯하다. 그의 후속편들이
항해의 성과와 보람을 확산하는 데 분주할 것임을 암시
하는 대목이다. 그러나 이 일 역시 구성인자들 "그 각자
의 몫으로 남겨두"는 것이 좋겠다. 깊이 새길 것은 후자
이다. 후자는 '범선들'의 항행과 귀환이 일회적 사건이 아
님을 명시적으로 보여준다. "이제도 여전히 숱한 범선들
이 올라오고 있다"가 의미하는 것은 '보편성 긴장'의 한

가운데에서 "조화로운 총체성을 향한/감동에로의 회귀"
의 항행을 중단하지 않겠다는 의지이다. 이는 궁극적으
로 그의 시가 '달빛'으로부터 '푸른빛의 비망록'을 채록하
는 일을 그만두지 않겠다는 선언이기도 하다. 그렇다면,
항해는 아직 끝난 것이 아니다. 그리고 이로부터 무언가
가 탄생한다.

　　너의 생애를 통해
　　너의 눈빛에 담기게 된
　　숱한 사연들은 세월의
　　소각장 망각의
　　화염 속에 스러졌다
　　비눗방울처럼
　　바스라지기도 했다
　　그렇지만

　　무연히 이어지고
　　이어지는 것들
　　이 세상의 눈빛들이
　　간절히 보듬으려
　　하는 것들은
　　불타지 않고 남았다
　　남아서 이어졌다

시간은 "세월의 소각장"이자 "망각의 화염"이다. 시간의 흐름 속에서 생의 구체적 사연들은 소각되어 사라질 수밖에 없다. 그렇다면 우리의 생은 얼마나 덧없는 것인가? 그런데 소멸의 시간 속에서도 사라지지 않는 것, "무연히 이어지고/이어지는 것들"이 존재한다. "이 세상의 눈빛들이/간절히 보듬으려/하는 것들"은 시간의 화마로도 태울 수 없는 것들이다. 여기서 주목할 것은 "간절히 보듬으려"는 애절한 열망과 생의 무상을 흐르는 시간 속에 방류하지 않으려는 혼신의 노력이다. 아니, 소각의 고통 속에서도 '나'와 '우리'와 '자연'의 정수를 보존하려는 잉걸의 분투이다. 이러한 노력과 분투 속에서라야만 사라지는 것 가운데에서 "무연히 이어지고/이어지는 것들"의 형상을 가늠할 수 있을 것이다. 이때 "신성한 빛의 통로/혹은 거점"(「신성한 빛의 통로」)인 '눈'은 '무연의 사슬'을 체득함으로써 비로소 견줄 수 없는 빛을 발화한다.

여기에 '무연의 사슬'은 그의 시적 언어를 이해하는 핵심이기도 하다는 사실이 추가되어야 할 것 같다. 그의 문체에서 가장 두드러지는 것은 '앙장브망enjambement'이다. 이것은 이번 시집뿐만 아니라 그의 시집 전체에서 나타나는 현상이다. 끊어질 듯 이어지고, 이어질 듯 끊어지는 언어의 흐름은 매우 독특한 리듬을 산출하고 있다.

시행의 분절과 연속에 의해 산출되는 리듬의 효과는 그의 시적 언어가 생의 리듬과 맞닿아 있기 때문에 벌어지는 현상이다. 시의 행과 행의 이어짐은 생의 마디와 마디의 이어짐이라고 할 수도 있겠는데, 이때 시적 언어의 흐름은 '범선들'의 항해와 대위적 관계를 이룬다. '범선들'이 헤쳐온 숱한 파도의 흐름과 바람을 안고 온 돛의 펄럭임은 그대로 시적 언어의 결texture과 일치하고, '범선들'의 항행은 밤바다의 달의 궤도와 대응한다는 점에서 월광의 푸른 선율들은 시적 언어의 파동이기도 하다. '앙장브망'은 시의 층위에서는 언어의 고유한 리듬과 문체로 표현되고, 바다의 층위에서는 '범선들'이 일으킨 파도의 일렁임으로 나타나며, 대기의 층위에서는 돛에 부는 바람이자 월광의 선율들로 현상하는 '무연의 사슬'인 것이다. 어쩌면 그의 시 자체가 파도와 바람과 달빛에 일렁이는 '범선들'인지도 모르겠다.

하여 우리의 마지막 질문은 이렇다. '범선들'의 항해에서 "무연히 이어지고/이어지는 것들"은 무엇인가? 아마도 그건……, 시와 삶 자체일 것이다. '범선들'은 낡아도 그의 항해는 다시 이어질 것이다. 이러한 항해에서 '범선들'이 실어 나르는 물품들의 세목이 필요한 것은 아니다. '범선들'이 황금의 땅을 찾아 나선 탐욕의 배가 아님은 분명하지 않은가. "조화로운 총체성을 향한/감동에로의 회귀의 당위성"을 향한 생의 간절한 의지가 '범선들'의 출

항을 야기한다면, '범선들'은 시와 삶의 "기나긴 내면적인 싸움"의 와중에서 '그 어느 날'의 깨우침으로 귀환할 것이다. "그 어디에나 필경은 무르익어 넘치고 있을 숱한 시편들, 지천으로 자생하고 있을 시편들에 대한 분명한 확신 혹은 신념 속에서"(뒤표지 글)라면 더욱 그렇다. 긴 항해를 마치고 온 '노수부'의 사연을 듣는 이가 "한층 슬프고 현명한 사람a sadder and a wiser man"이 되는 까닭이 이와 멀지 않다. ▨